Imprimerie de HENNUYER et Cᵉ, rue Lemercier, 24. Batignolles.

A VOL D'OISEAU

SILHOUETTE CONTEMPORAINE

PAR

Adrien MICHEL.

Il faut que le peuple ait du pain, qu'il en ait beaucoup, du bon, et à bon marché.

PARIS

CHEZ LES PRINCIPAUX LIBRAIRES.

—

1847

A

VOL D'OISEAU.

A

VOL D'OISEAU.

─◦◦◦◦◦─

« Toc..... Toc.....

— Entrez..... Ce bon M. D*** ! Quel grand vent vous amène ? »

M. D*** est un député de bon aloi, trempé de fer, chevillé de cuivre ; il est de cette congrégation du nom de simples (*vir simplex*), à laquelle l'électeur, dans son intégrité, contribue à juste titre, pour sa part, à créer une forte majorité.

Il y a trois semaines qu'il a été élu ; il connaît maintenant les moindres couloirs de la Chambre, il va même jusqu'à la buvette sans se tromper et en revient de même. Il arrive en ce moment dans l'équipage le plus modeste chez M. G***, afin d'attendrir ce grand diplomate des temps présents et d'arracher au budget un peu de cette manne et de cette rosée tendre qu'il prodigue si volontiers à ses favoris.

D'une nature originairement timide, M. D*** en présence de M. G*** s'efforce de rallier toutes les puissances de son moral légèrement abattu, et lui dit, après avoir répondu à ses obséquieuses politesses par un sourire imperceptible :

« Devinez, je vous prie, le motif de ma visite ?

— Une requête, peut-être, mon cher D***.

— Oh ! non, je suis de l'opposition, vous

ne l'ignorez pas, et puis mes principes.....

« — N'importe, je vous gagnerai, je ferai échec et mat. Mais enfin..... »

M. D*** saisit la main du diplomate d'une manière significative, et reprit :

« M'y voici ; je n'aborde le sujet qu'en tremblant, vous avez tant de graves préoccupations, vous autres ! Eh bien, je venais dans l'intention... Vous allez me trouver bien simple, de discuter avec vous la modeste question de la cherté des vivres, autrement dit des subsistances.

— Question grave, en effet, répondit M. G***, le front plissé comme une chemise à tuyaux d'orgue de chez Longueville ; parlez, mon cher D***.

— Cette question est à l'ordre du jour depuis quelque temps, et vous n'êtes pas sans savoir qu'on lève chaque séance (c'est l'habitude), sans rien conclure, reprit M. D***.

— Je sais…, je sais…)

— Voilà pourquoi, poursuivit M. D*** avec la candeur des premiers âges, je réclame une audience de vous ; j'ai même fait une petite brochure que je veux vous soumettre. Tenez, la voici ; lisez, je vous prie. »

M. D*** tire effectivement d'un portefeuille un papier plié en quatre, le déplie, le remet à M. G*** et se pose en auditeur attentif.

M. G*** lisant haut :

BROCHURE

Où l'on démontre qu'il est utile d'avoir du pain,

Par un Député de l'Opposition.

Un savant philanthrope, dont la vie tout entière s'est passée à faire le bien et à soulager les douleurs de ses semblables, a dit quelque part : « Le pain est d'invention céleste ; c'est le luxe de la table du peuple, c'est son ambroisie et son nectar ; que demain il lui soit échangé contre une substance étrangère, et vous le verriez courir aux armes. »

Cette réflexion est juste, et nous partageons sincèrement le sentiment de ce philanthrope ; c'est donc (nous l'avouons modestement), afin de trouver un remède aux besoins journaliers qui se font généralement sentir si tristement partout, que nous croyons répondre au vœu général, en faisant vibrer une des cordes les plus sensibles du présent.

En effet, économique et bienfaisant, le pain est le trésor le plus précieux du pauvre, et cela se conçoit !...

Il éclipse par ses avantages intrinsèques la pomme de terre et le raisin ; il a un immense avantage sur les plumpoudings, et une supériorité incontestable sur la tarte à la crème et le bifteck ; le bifteck, cette divinité anglaise, à laquelle l'Angleterre a voué un culte, mais à tort, assurément.

Manne céleste, chaque jour on lui voit jouer ici-bas le rôle de la Providence ; il a des douceurs inédites pour le cœur du père de famille, il féconde les puissantes mamelles de la femme qui va nourrir, et sur la table du riche, il exerce pour son palais les mêmes séductions irrésistibles que pour celui du pauvre.

Hélas ! on dresse des autels aux grands hommes ; mais les grandes choses, ces précieux legs dont on est redevable à Dieu seul, ces primeurs sans nom descendues du ciel sur la terre, les grandes choses n'ont pas de tabernacle !...

O curas hominum !... O quantum est in rebus inane !

Mais je m'éloigne de mon sujet. Fatalité !

N'est-ce pas ici le cas de jeter un regard en arrière, et de déplorer l'impéritie et l'imprévoyance de quelques hommes, qui, peu semblables au digne fils de Jacob, chargés du sort d'un État, et d'un grand État, ont négligé le culte du modeste épi, pour concentrer toutes leurs adorations sur le rosbif, idole matérielle de leurs voisins d'outre-mer, à laquelle ils sacrifient chaque jour?

Mais qu'ils le sachent, ces hommes imprévoyants, ces adorateurs du veau d'or, les récoltes laborieuses de l'homme des champs sont soumises aux cruelles vicissitudes des saisons, et, en variant d'une année à l'autre, elles peuvent un jour amener aussi de tristes perturbations parmi eux.

Nous sommes heureux, à ce sujet, de pouvoir exprimer notre vœu le plus cher et la pensée qui a fait, pour ainsi dire, l'étude de toute notre vie.

Pour le bien de l'humanité, ne serait-il pas utile que pendant les années fécondes on pût mettre en réserve tout le blé nécessaire aux années stériles, et procurer ainsi une année moyenne proportionnée à une population moyenne?

Ne serait-il pas désirable, enfin, que, grâce à ce système de réserve éclairée, ou plutôt de sage prévoyance, et à l'aide de greniers d'abondance habilement pourvus, on pût approvisionner nos armées et donner un nouvel essor aux industries nationales, au lieu de recourir à des acquisitions de froment faites à l'étranger, acquisitions presque toujours fâcheuses, et toujours plus funestes encore par le découragement qu'elles inspirent aux agriculteurs que par l'état d'épuisement auquel elles réduisent le Trésor?

En effet, on ne l'ignore pas, l'importation, résultat infaillible d'un pareil ordre de choses, l'importation est dangereuse en cas de guerre ; devenue indispensable par le manque de récoltes et l'absence de réserves, elle met en péril la vie de plusieurs millions d'hommes.

En temps de paix , elle ruine le pays, qui , entraîné par la force des circonstances, avance un immense capital dans lequel il ne rentre jamais.

Mais appuyons ici sur nos dernières réflexions.

La parabole des sept vaches grasses et d s sept vaches maigres , les essais d'approvisionnements de tous les peuples de l'antiquité ne sont pas des fictions ; ils prouvent suffisamment combien un système de cette nature a toujours été mis au premier rang des nécessités sociales ; et les fléaux qui ont pesé sur le monde, par suite de l'insuffisance des moyens employés, sont une grave leçon léguée par le passé au présent et à l'avenir.

Pauvres! le moment est critique; formez-vous donc par bataillons, serrez les rangs, reprenez haleine; armez-vous, s'il le faut, de poêles à frire et de tranchelards, et demandez, au nom de l'humanité souffrante, votre part de gâteau à vos frères qui regorgent...

Saints apôtres pleins d'humilité, qui remplissez les temples de vos ferventes prières, réchauffez le cœur des fidèles par votre éloquence, et disposez à la collecte chacun d'eux en particulier.

Electeurs candides, qui votez pour M. M*** ou M. C***, répartissez mieux vos faveurs.

Hommes du monde que le bal fatigue, que les concerts désenchantent, donnez plus de lustre à votre âme, et moins de vernis à vos souliers.

Pieuses lorettes dégoûtées du monde, *modestes Agnès* à qui tout sourit, mettez une bague de moins à vos doigts mignons, et une pièce d'argent de plus dans la main du pauvre.

Mais je m'éloigne encore de mon sujet.

Oui, il faut bien le dire, on encense trop le manille et le panetelas pour que la charité ne s'en aille pas en fumée!

Encore un mot, et je finis.

Pétrisseurs de pâte, dispensateurs de pain, vous aussi, soyez donc équitables; vous tenez pour le moment le pouvoir exécutif; que le temps de votre règne éphémère soit regretté ; votre mission est courte, sanctifiez-la. La balance de la justice est entre vos mains, penchez-la en faveur de la modération ; et, dans les années d'abondance, ne manquez pas de contre-balancer habilement par un bénéfice clair et net les *pertes* que vous avez éprouvées dans les années de cherté.

Que cette faible traduction de nos désirs se réalise! c'est notre vœu le plus ardent.

M. G*** remet la brochure au député philanthrope, se mord les lèvres et lui dit :

« Ah çà ! je vous ai à déjeuner, j'y compte ; point de cérémonie, au moins. Quelques pièces de volaille, de légères pâtisseries, voilà le menu.

— Vous êtes honnête, je ne puis...; les motifs qui m'amènent, vous le voyez...; mais dites-moi, cette brochure...

M. G*** est très-distrait et répond : « Ah ! je voulais vous dire, vous savez que M. T*** est des nôtres ; charmant homme, sur ma parole, mais comme vous, mon cher D***, il a le tort d'être de l'opposition, oh ! je lui en veux.

— Alors vous m'en voulez, reprend M. D*** ; voilà de la franchise. Mais enfin, dites-moi, cette brochure que je viens de vous soumettre...

— Hein ! dit enfin l'homme d'Etat à qui tous les circuits du détour étaient devenus impossibles par cet appel direct à son jugement ;

c'est juste, mon cher D***, vous m'avez remis un pamphlet, une brochure, je crois. Nous sommes si distraits nous autres! Que voulez-vous! nous avons tant de pesants soucis! ça vous détraque un homme, ça le décomplète, pardonnez-moi le néologisme, ça le décomplète avant l'âge.

— Peut-être alors êtes-vous trop sérieusement préoccupé à cette heure, pour... dit timidement le député philanthrope, pour m'accorder ce moment d'entretien que j'ai sollicité?

— Comment! je vous ai à déjeuner, ainsi...

— Eh bien! je viens au fait, dit M. D*** encouragé, que pensez-vous de cette brochure? »

De nouveau rappelé à cet algèbre du discours, M. G*** se décide à répondre avec un sourire équivoque : « Mon cher, j'entre un peu dans vos idées; mais, à dire vrai, je ne peux entièrement les partager. Nous avons tant de graves et sérieux projets d'économie politique ! consciencieusement parlant, pouvonsnous accorder notre suffrage à tout ce monde dont les opinions sont si variables, si folles ?

— Pour cela non ; mais ici cette question ne vous semble-t-elle pas convenablement traitée ?

— Très-bien, en effet, très-bien. Le pain sera cher, dites-vous ?

— Dieu merci, il l'est assez. Ce pauvre peuple !

— Soit ! mais que voulez-vous y faire ? il ne manquera pas, espérons-le.

— Oui, aux riches ; sans doute, avec de l'or on trouve de tout dans le monde, du bon et à bon marché ; mais il faut que le peuple ait du pain, qu'il en ait beaucoup, que l'ouvrier puisse nourrir sa famille avec le prix de sa journée ; ceci est de Bonaparte, et n'en est pas moins juste.

— Vous avez raison, parfaitement raison.

Aussi avons-nous en projet depuis quelque temps un admirable système de prévoyance, comme vous le dites, qui embrasse tout..., remédie à tout..., en un mot une vraie panacée universelle. J'aime votre idée, je l'adopte désormais.

— Ainsi, vous croyez ma brochure.....

— Très-bonne.....

— C'est que la question des subsistances est une chose grave, en effet ; elle avait toujours fortement préoccupé l'Empereur, et dans l'in térêt de la tranquillité de la ville de Paris, il avait conçu le projet d'organiser des réserves pour cette capitale ; cinquante-deux moulins devaient être mus par les chutes d'eau de la Marne.

— Admirable !

— Que voulez-vous ! la décadence de l'Empire anéantit ses projets ; c'est le propre des grandes conceptions de rester sans inachevées..... »

La porte du cabinet de monsieur G*** s'ouvre en ce moment, et un laquais annonce que le déjeuner est servi.

Après quelques cérémonieuses façons, le député philantrophe finit par capituler, et tous deux entrent dans la salle à manger voisine; M. T*** manque au rendez-vous.

« Ecoutez, dit alors M. G*** en donnant l'assaut le plus en règle à une excellente pièce de venaison; jusqu'ici j'ai ménagé votre délicatesse, mais tant pis, vous m'y forcez par votre réserve, je veux vous communiquer une petite réflexion.

— Dites, je vous prie.

— Eh bien ! je pense à cette brochure ; quoique faite *à vol d'oiseau,* elle peut avoir quelque portée, et vous ferez bien de ne pas lui donner une publicité bruyante.

— Cependant l'intérêt général exige...

— Sans doute ; mais comprenez..., votre brochure attaque la personne de chaque ministre en particulier, et cette ligne (il prend la brochure des mains de M. D***), cette ligne, « qu'ils le sachent, ces hommes imprévoyants, ces adorateurs du veau d'or...», ferait très-mauvais effet, mon cher D***. Mais buvez donc, votre verre reste plein !

— C'est que je pense à la misère qui règne à cette heure, et je réfléchis si je dois suivre votre conseil. »

M. D*** se ravise en ce moment, vide à la hâte un verre plein de champagne, et répond :

« Décidément je tiens à accomplir mon projet, je l'ai sérieusement à cœur. J'encours votre disgrâce, je le sais, mais j'ose tout braver, sûr d'avance que vous allez me pardonner ma prompte décision en faveur de mon excellent motif. »

M. G*** verse à boire à M. D*** et reprend, les lèvres serrées :

« Faites..., faites... Seulement vous avez tort de provoquer le scandale mal à propos...

— Dites-moi, à combien d'exemplaires ferez vous tirer ce véritable pamphlet?

— A trois cents.

— C'est modeste.»

FIN.

www.ingramcontent.com/pod-product-compliance
Ingram Content Group UK Ltd.
Pitfield, Milton Keynes, MK11 3LW, UK
UKHW022337170726
13837UKWH00005BA/2293